Max Emanuel Stern

Zur Alexander-Sage

ISBN/EAN: 9783337297534

Hergestellt in Europa, USA, Kanada, Australien, Japan

Cover: Foto ©Andreas Hilbeck / pixelio.de

Weitere Bücher finden Sie auf **www.hansebooks.com**

Max Emanuel Stern

Zur Alexander-Sage

Zur
Alexander-Sage.

Von

M. E. STERN.

Wien, 1861.

Buchdruckerei von Philipp Bendiner.

Leipzig bei Oscar Leiner.

Den Manen

der

hochwohlgebornen Frau

Josefine von Königswarter s. A.,

Gattin Sr. Hochwohlgeboren

des Herrn

Jonas von Königswarter,

Ritters der eisernen Krone, Directors der k. k. Natio-
nalbank und der a. priv. Kaiser Ferdinands-Nordbahn,
Vizepräsidenten der böhmischen Bahnen und k. k. Groß-
händlers rc. rc in Wien,

gewidmet.

Widmung.

1.

Dir, edle Frau, die, ach, so bald geschieden,
   Die allzufrüh das Ziel der Laufbahn fand,
   Und die gestreu't mit frommer milder Hand
Des Wohlthuns schöne Segenssaat hienieden;

Der, als sie heimwärts zog zu ew'gem Frieden,
   Die Welt des Biederweibes Lorbeer wand,
   Dieweil sie trug der Tugend Prachtgewand,
Bis der Verklärung Glorie ihr beschieden —

Die Du-gestrahlt als Deines Hauses Zierde,
Als leuchtend Vorbild hehrer Frauenwürde,
   Im Herzen wie im Leben gläubigtreu —

Die Du des Sohnes Augenlust, des Gatten,
Der Armen Mutter — Deinem heil'gen Schatten
   Bring' diese Blätter ich als Opferweih'!

———

Gefeiert ist der Name, den sie tragen,
  Und ruhmgekrönt schon seit urgrauer Zeit;
    Mit ihm in's Lichtreich der Unsterblichkeit
Mag nun der Deine auch verherrlicht ragen!

Sie mögen's laut der späten Nachwelt sagen:
  Daß Ruhmesglanz nicht blos im Purpurkleid,
    Daß überall, wie ehemals so heut',
Die Tugend groß in a l l e n Lebenslagen!

Von Fürst und Bürger, Bettelstab und Krone,
Nichts bleibt von allem da vom Erdensohne,
  Als was zum Heil er schuf im Erdenkreis;

D'rum bleib' auch mit dem Kön'ge, zum Vermächtniß
Dein Wirken hier, als segenreich Gedächtniß,
  Als Deines irb'schen Strebens gold'ner Preis!

Einleitendes Vorwort.

Groß und weithingeſtreckt iſt das Gebiet der Sage und tief, unendlich tief ſind deren Fundgruben. Sie iſt zumeiſt der einzige Lichtpunkt, der die verſchotterten und verſchütteten Katalombengänge der nachtumſchatteten Vergangenheit erhellet; der Ariadnenfaden, der im Labyrinthe vergeſſener und außer Acht gekommener vorzeitlicher Epochen dem hiſtoriſchen Forſcher zum Wegweiſer und Leitſtern dient. Sie iſt es, die der Clio der Gegenwart oft die wichtigſten Daten zur nachträglichen Ergänzung des lückenhaften großen Weltbuches bietet und ihr ſchweſterlich zur Seite ſteht. Sie iſt es auch, die um beinahe alle bedeutungsreichen, erhabenen und hervorragenden Erſcheinungen und Charactere der Urzeit ſich ſchmiegend geſchlungen und mit den flimmernden Sternenmantel wunderfarbiger Geſchehniſſe ſie umflort und ausgeſchmückt; und glücklich der grübelnde Forſcher, der die Spreu vom Korne, die mythiſchen Arabesken vom Säulenfonde hiſtoriſcher Wahrheit zu leſen weiß und die Hieroglyphen zu dechiffriren den Schlüſſel gefunden. Das große Verdienſt archäologiſcher Offenbarungen war und blieb jedenfalls der Alles umwälzenden und regenerirenden Neuzeit vor- und aufbehalten. Sie iſt der Moſes, der es den Stein tauſendjähriger Erſtarrung und Vergeſſenheit von der Ciſternenmündung urzeitlicher Begebenheiten mit ſtarker wiſſengerüſteter Hand zu wälzen gelungen und mit dem Eimer der Forſchung und der ſcharfblickenden Kombination die roſtumhüllten Perlen hingeschwundener Epochen und Momente aus deren Tiefe zu schöpfen und die Offenbarung urweltlicher Geschichte herbeizuführen.

Auch das Leben des großen und mächtigen Welteroberers Alexander konnte dem Geschicke, dem Sagenkreise der Mythe zu verfallen, unmöglich entgehen. Zu verherrlicht, zu gefürchtet und zu gefeiert stand dieser riesige Heros in seinem welterschütternden Wirken da, als daß die Alles umschlingende Legende mit dem Gezweige und Reiserwerk der Hyperbolik ihn nicht hätte umranken sollen. Nebst den vielen Analekten, die aus den zerklüfteten Schachten vermoderter Manuscripte fragmentarisch herausgefunden wurden, enthält auch der „Talmud,“ dieser riesige encyclopädische Foliantencyklus — wie wir ihn anderwärts bezeichneten — der, wie die Arche Noah's und das Conversations-Lexicon, von Allem Etwas enthält, so manche vom Geiste der Poesie durchhauchte interessante novellistische Bruchstücke [1]), die noch ihres Bearbeiters harren.

Der Ursprung, die Mythenwiege Alexanders, ist vorzüglich das geheimnißvolle Wunderland Egypten, jene Heimathsstätte kolossaler, himmelan ragender Baumonumente, jenes mit der allerfrühesten Geschichte der jungen Menschheit vertraute und verflochtene Pyramidenreich, deren verschollene Devisen, als eine ungeheure Weltcharade angestaunt, seit Jahrtausenden und noch heute der entziffernden Zauberformel eines löse- und lesekundigen Meisters entgegen warten. Schon zur Zeit der Ptolomäer entstanden, wurden sie dann von den Arabern, welche das Sentenziöse lieben, mit phantastischen Ausschmückungen und romantischen Episoden und Zuthaten bedeutend bereichert.

Der fragmentarische Beitrag, den wir heute den Freun-

---

[1]) In Bezug auf das Letztere vergl. Rapaport in Erech Millin v. Alexander.

ben literarhiſtoriſcher Forſchung vorzulegen uns geſtatten, iſt aus dem Werke „Mussare ha-Pilussuphim" geſchöpft, in wel=chem das zuſammt Gebotene die dritte Pforte bildet, und iſt daſſelbe von dem gefeierten Dichter Jehuda Alchariſi aus dem Arabiſchen ins Ebräiſche überſetzt worden und in Riva di Trento 1562—4 und in Lüneville 1804—5 erſchienen. Das arabiſche Original: „Adab el-filâsife" rührt von Honein ben Ishak her [2]).

Von dem darin vorkommenden Briefe Alexanders an ſeine Mutter, ſich über ſeinen Tod nicht zu grämen, findet ſich eine ebräiſche Ueberſetzung im „Zri ha-Jagon" des Schem tob Palküra, ſo wie er in jüdiſch=deutſcher Mundart im „Simchath ha-Nefesch" zitirt wird und neu bearbeitet im Koſſarski's „Sagen des Morgenlandes" enthalten iſt [3]).

Indem wir hiemit nur noch ſchließlich auf:

1. C. Müllers Pseudo Callisthenes (Paris 1846),
2. Angel. Mai Julii Valerii de rebus gestis Ale-xandri libri Ares (Frankf. a. M. 1818),
3. Deutſche morgenländiſche Zeitſchrift V, 303, VI, 404, VII, 412, VIII, 444 ff. 525, 835 ff. IX, 780 ff. und
4. auf Iulius Zacher Alexanderi M. iter ad Paradis-sum (Königsberg 1859),

als auf die Literatur über die Alexander=Sage hinweiſen, ha-ben wir noch zu bemerken, daß eben dieſe dritte Pforte in manchen Handſchriften durchgängig fehlt und, daß der ebräiſche Text ſehr corrumpirt iſt, ſo, daß es faſt kaum zu glauben, daß

---

[2]) Vergl. Steinſchneiders Catalog der Laydener Handſchriften zu Cod. XXVI, 4.

[3]) Auch finden ſich einzelne Sinnſprüche über Alexanders Tod in den Gesta Romanorum und in des getauften Alfons „Disciplina Clericalis". Vergl. Steinſchneiders Manna S. 109, 114.

die Uebersetzung aus der Meisterfeder des berühmten Tach=
kemoni=Dichters geflossen sein sollte.

Was unsere Bearbeitung betrifft, so haben wir es unser
angelegentlichstes Streben sein lassen, dieselbe mit gewohnter
Treue dem Texte anzupassen, und empfehlen wir sie hiemit
der nachsichtsvollen Aufnahme freundlicher Leser. *)

Wien, Ende Mai 1861.

M. E. Stern.

---

*) Vergl. die Anzeige dieser Schrift von Dr. A. Jellinek in Löw's
Ben Chananja, Jahrg. 1861, wo derselbe wahrscheinlich zu machen sucht,
daß das גולגלתא (Gulgaltha) in Tanit 32 b. nicht einen Schädel, son=
dern einen Augapfel von Edelstein bedeute.

Grabespforte.

Vom Tode Alexanders, des machtbekrönten Macedoniers, von der Art und Weise, wie seine Mutter ihn betrauerte und der Versammlung der Philosophen, den Trostschreiben, die seiner Mutter zugesendet wurden und ihrer Erwiderung hierauf; sinnreiche Analecten, die von gediegenem Golde und kostbarem Glase nicht aufgewogen werden können.

In zwölf Abtheilungen.

Erste Abtheilung.

Als Alexander den Pforten des Todes sich nahete, dessen Erkrankung von dem tödtlichen Gifttranke, der ihm beigebracht wurde, herrührte, da richtete er eine Zuschrift an seine Mutter, in welcher er nachdrücklich ihr einschärfte, ob seines Abganges sich nicht zu entsetzen und worin er ihr vielmehr, den Trostgründen sich hinzugeben anempfahl, und Folgendes ist dieser Zuschrift Inhalt:

„Fürwahr, nachdem du Lob und Preis der Gottheit zuerkannt, erhebe in Seelengröße dich, meine Mutter, auf daß du andern Frauen an Verstandesschwäche und Herzensweichheit nicht ähnlich seiest, so wie dein Sohn erhaben über allen andern Wesen der Welt hinsichtlich ihres Thuns und Lassens bevorzugt dastand. Mögest du es auch wissen, daß der Tod nichts Erschreckendes und Beängstigendes für mich hatte, da ich vor dessen Herannahen ihn schon kannte, und darob möge auch kein Kummer dich beunruhigen, da ich mir es doch bewußt war, daß ich zu den Sterblichen gehöre. Wisse ferner, daß ich diese Zuschrift in der Voraussetzung an dich richte, daß du deine

1 *

Tröstungen daraus schöpfest; mögest du daher meine Voraussetzung nicht Lügen strafen. Denn du kannst dir zu Gemüthe
führen, daß mein Abgang mich einem weit bessern und verklär-
tern Zustande als jener, in welchem ich gegenwärtig bin, mich
zuführt, und darob freue ich auch meines Abganges mich, und
auch du bereite dich vor, mir einst nachzufolgen. Wisse ferner,
daß mein Angedenken nun zu schwinden beginnt, trotz Allem,
was man von der Macht der Herrschaft und der Richtigkeit
des Urtheilsschlusses von mir erwähnend pries. Darum erhalte
mein hinschwindendes Angedenken in der Art und Weise, daß
es den Menschen deine Verstandeskraft und Denkweise beur-
kunde und worin dein Bewußtsein dir sage, daß es mir zur
Ehre gereiche. Möge auch deine Liebe zu mir dich nur jenes
zu thun verleiten, was ich selbst liebe; denn das wahrhafte
Liebesmerkmal des Liebenden beurkundet sich nur darin, daß er
eben dem Willen seines Lieblings gemäß handelt, und alles
ihm Widrige beseitiget. Wisse ferner, meine Mutter, daß die
Menschen in dieser Beziehung ihr Augenmerk auf dich richten
und es beachten werden, ob und daß dein Benehmen das Ge-
präge des meinen trage, so wie auf die Beurkundung deines
Entsetzens und deines geduldigen Ertragens; auf daß sie daraus
ersehen, ob du meinem Auftrage nachlebest, oder meiner An-
empfehlung zuwider handelst. Richte auch deine Aufmerksamkeit,
meine Mutter, auf die sämmtlichen geschaffenen Wesen und
erkenne, daß sie dem Entstehen und der Auflösung unterworfen,
so wie sie einen Anbeginn und ein Ende haben, und auch der
Mensch verfällt der Vergänglichkeit, nachdem er der Existenz
sich erfreute, und um ihn zu verklären, kehrt Alles heim, was
von ihm dagewesen, und der Weilende, wenn auch die Zeit
seines Weilens in die Länge sich zieht, muß dennoch endlich
aufbrechen, und der König, wenn auch die Zeit seiner Herrschaft noch so lange währt, wird endlich doch machtlos. Richte

ferner deine Beachtung, meine Mutter, auf die Hinfälligen
unter den Helden, berühmten Männern und Mächtigen, die
als Erdenpfeiler galten; wie viele Nationen sind nicht hinge=
schwunden, wie viele feste Bauwerke nicht verfallen, wie viele
sichere Stätten da untergegangen und wie viele unersteigliche
Festungen den Eroberern anheim gefallen. Beachte ferner, meine
Mutter, daß dein Sohn an die Denkweise jener schwächlichen
Fürsten nie Wohlgefallen gefunden, und so mußt auch du hin=
sichtlich der Seelenschwäche vor allen andern Fürstenmüttern
dich auszeichnen und dich groß an Seelenstärke zeigen, wie dein
Sohn an Seelenhoheit sich beurkundete; und möge sie groß in
dir sich bewähren, ebenbürtig der Größe deines Schmerzes;
denn der Tugendhafte, so er wahrhaft es ist, zeigt in sei=
nem Unglücke eben solch' geduldige Ergebung, wie er erhaben
an Seelengröße. Wisse ferner, meine Mutter, daß Alles, was
der allgepriesene Gott geschaffen, im Anbeginne von geringer
Bedeutung, während es in der Fortdauer als stets einfluß=
reicher sich herausstellt; mit Ausnahme des Mißgeschickes, das
im Beginne groß erscheint und während des Verlaufes in ste=
tem Abnehmen begriffen — und dieser Naturgang möge dir
genügen! Erlasse Verordnungen, meine Mutter, zur Förderung
des großen und schönen Staates, sobald die Kunde vom Tode
Alexanders dich trifft, und schaffe in demselben herbei jegliche
Speise zur Nahrung und jegliches Getränke, und berufe dahin
Leute aus Lokria, Europa, Macedonien und Asien auf einen
festgesetzten Tag, zur Tafel und zum Trinkgelage, deren Groß=
artigkeit in der entsprechendsten Herstellung bestehe, auf daß
es dem Auge des Beschauers wohlgefalle, dem Geschmacke der
Speisenden entspreche und dem Gaumen der Trinkenden munde.
Hast du nun all dieses vorbereitet, dann trete hin vor das
Volk und verordne: daß es bei dem von dir vorbereiteten
Gastmahle und Trinkgelage sich einfinde und daß es ja Keiner

verabfäume, bei der Tafel der Königin, die du für diesen oder jenen Tag zu ihrer Ehre angeordnet, zu erscheinen. Hierauf laſſe eine Verordnung bekannt machen: daß es ja Keiner, den je irgend ein Mißgeschick betroffen, dem Gaſtmahle der König= gin zu nahen wage; auf daß die Trauer um Alexander von der Trauerweiſe aller andern Volksmaſſen verſchieden ſei." Wie nun die Todeskunde Alexanders ſie traf, ertheilte ſie ſämmt= lichen Töchterſtaaten Verordnungen und ließ ein Gaſtmahl und ein Trinkgelage, gemäß allen ihr zu Gebote ſtehenden Mitteln, herſtellen. Sodann befahl ſie auch, daß kein je von irgend einem Mißgeſchicke betroffener Menſch es, demſelben zu nahen wage. Da mußte ſie aber die Wahrnehmung machen, daß gar kein Menſch bei ihrem Gaſtmahle ſich einfand. Als ſie nun die Frage ſtellte: Warum den die Gäſte ſich nicht eingefunden hätten, ob denn mit dem Tode Alexanders jegliche Ehrfurcht bei ihnen vorzuwalten aufgehört hätte? Da erwiderte man ihr: „Haſt du ſelbſt doch angeordnet, daß kein Menſch, den je ein Unfall betroffen, es einzutreten wage; nun aber gibt es keinen Menſchen, der ſeit je vom Mißgeſchicke oder von irgend einer Kümmerniß gänzlich verſchont und freigeblieben wäre!" Da rief ſie: „Ach, Alexander, wie iſt mir dein Benehmen nun ſo einleuchtend und klar, und wie iſt doch dein Anbeginn deinem Ende ſo ähnlich! Du wollteſt mir einen Troſt berei= ten, während du eines vollſtändig getroſten Muthes dich er= freuteſt!"

Zweite Abtheilung.

Alexander richtete ein Schreiben an ſeine Mutter, und folgender Weiſe drückte er im Anbeginne deſſelben ſich aus: „Im Namen des erbarmensvollen Gottes, deſſen Erbarmen allumfaſſend, vom dem, der mit den Lebenden nur für kurze

Zeit verbunden und deffen Verbindung mit den Grabbewoh=
nern von keinem Ziele beschränkt, an seine Mutter, welcher
ebenfalls kein langer Aufenthalt in der Wohnstätte der Weis=
heit und der gesellschaftlichen Verbindung gegönnt, und die
nach der Stätte der allgemeinen Vereinigung ihm einst nach=
folgen wird. „Einen Friedensgruß dir von dem von dir Schei=
benden! Faffe meine' Zuschrift wohl auf und richte deine Acht=
samkeit auf deren Inhalt. Laffe das Seil der Tröstung und
der Geduld zum Stütz= und Haltpunkte dir dienen, und erhebe
dich, auf daß du den Frauen in ihrer Schwäche und Aengst=
lichkeit, ob der Mißgeschicke, nicht gleichest, so wie dein Sohn
hinsichtlich des Benehmens und Thuns und Laffens erhaben
und hervorragend über alle andern Menschenkinder dasteht; so
wie du nie ob etwas andrem, als ob der Sittenveredlung und
Moralvorzüge, die du dir angeeignet, sein Wohlwollen ihm
abgerungen. Führe dir ferner zu Herzen, meine Mutter, ob
du je im Weltalle irgend Etwas gefunden habest, deffen Reich
bleibend und deffen Zustand von beharrlicher Beständigkeit.
Siehe doch einmal die Bäume, die da Blüten und Knospen
treiben, deren Zweige schattenreich und deren Blätter nicht
welken, bis sie ihre Früchte getragen; wo sie dann keiner lan=
gen Daner mehr sich erfreuen, indem deren Zweige gebrechlich
werden und deren Laubwerk sammt Frucht dem Welken ver=
fällt. Sieh' einmal die Pflanze, am Morgen blühend und —
gegen Abend schon welk und verdorrt. Sieh' einmal den Mond,
der in der vierzehnten Nacht des Monats im Vollglanze leuch=
tet, der aber endlich dunkel und glanzlos wird und erlischt.
Blicke einmal zu den Sternen empor, meine Mutter, die da
funkelnd strahlen, wie da neblichtes Dunkel sie umhüllet. Sieh'
einmal die lodernde Feuerflamme, wie bald und schnell erlischt
sie nicht! Betrachte einmal diese hinfälligen Kreaturen, meine
Mutter, in diesem Weltalle, von denen alle Erdenenden sämmt=

liche Gedanken und Herzen überfüllt; und so ist all dieses zugleich ein existirendes und ein der Vergänglichkeit anheim fallendes Wesen, und Alles trägt den Keim endlicher Vernichtung in sich. Hast du je, meine Mutter, Jemanden gesehen, der etwas gibt, und das Gegebene nicht zurückerstattet wünscht? oder einen Borgenden, der nicht will, daß man sein Darlehen ihm zurückzahle? oder ein zur Verwahrung Gebender, der sein anvertrautes Gut nicht wieder zu erhalten beanspruchte? — So es ein Wesen gibt, das zum Weinen genöthiget, so haben die Himmel ihre Sterne, die Meere ihre Fische, der Luftraum seine befiederten Wesen und die Erde ihre Pflanzen so wie Alles, was auf ihr sich befindet, zu beweinen. So hat es der Mensch zu beweinen, daß er mit jeglicher Sekunde mehr dem Tode sich nähert und mit jeglichem Augenblicke mehr abnimmt. Doch hat der Weinende, ob jenes Verlustes zu klagen, der ihm zum Nachtheile gereicht, ehe er noch hievon betroffen wird, und der auch ungeahnt ihn trifft, ein Geschick, das zum Weinen und zur Betrübniß ihn anregt. Wisse denn, meine Mutter, daß das Herannahen des Todes mir bewußt war, darum überwinde dich, um meinetwillen geduldig auszuharren, auf daß du nicht weinest über mich. Denn die Stätte, welcher ich zuwalle, ist weit besser als diese, in welcher ich gegenwärtig weile und weit verklärter und freier von Sorgen und Mühsalen und entfernter von jeglicher ängstlichen Befürchtung. Und mögest du darauf vorbereitet sein, mir nachzufolgen; denn die Erinnerung der Menschen, die sie meinem Angedenken weihen und ihre Verehrung, die sie gegen meine hohe Würde und Herrschermacht hegen, haben bereits aufgehört, und werden sie nur in so weit in ihrem Gedächtnisse sich erhalten, als sie von der Richtigkeit deines Verstandes, von der Ueberwindungskraft deines Herzens und deiner sanften Hingebung zu den Tröstungen sich überzeugen werden. Indem du den Weisen Gehör schenkest, die das

Heil der Tröstung und der hingebenden Geduld dir anempfehlen und die Verheißungen der Vergeltung und Belohnung dir verkünden, die der Schöpfer in der Stätte seiner Verehrer und in den Sitzen der Ruhe und des Friedens hiefür angewiesen.

Dritte Abtheilung.

Die Mutter Alexanders äußerte sich in einem Antwortschreiben: „Der das Todesurtheil fällt, trifft nach Willkühr seine Einrichtungen, und das Urtheil des Königs erstreckt sich über alles Lebende, dahin die richterliche Gewalt es lenkt. Die Lebenstage, sie mögen noch so lange währen, es gibt ein Ziel, das ihnen ein Ende macht; und sind sie kurz, das Ende verringert deren Zahl noch. Die verjüngte Welt schreitet endlich der Vergänglichkeit zu, so daß Alles der Zerstörung wieder verfällt, die Herrschermacht schwindet, der Geschmack wechselt, deren Reinheit wird getrübt, deren Freude umwandelt sich in Trauer, deren Wonne in Kummer und deren Frohlocken in Sorge. Du Mensch, der im Weltalle du weilest, um demselben entrückt zu werden, weilest du darin; und du, der du darüber regierest, zum Aufhören deiner Herrschaft hast du die Regentschaft darin angetreten; und du, der du deinen Wohnsitz darin aufgeschlagen, um aus demselben hinwegzuziehen, hast du eine Stätte dir darin bereitet; und du, der du dessen Heere anführest, einem Andern führest du sie zu. Wehe! Wehe! wo sind die Edlen und die berühmten Männer? wo die Könige und die Alten? — Hingeschwunden sind die Männer und abgegangen die Einen nach den Andern, der Glückliche wie der Schwerbelastete, der Gute wie der Böse; und was rein war, wurde gerettet, und der Schlacken behaftet war, ging zu Grunde. Ich sehe wohl ein, mein Sohn, daß du Recht habest, und daß selbst der schattenreichste Zweig dem Verdorren nicht entgehe, und daß es für die Blätter des Baumes keine Zuflucht vor dem Verwelken gebe, wie keine Zuflucht die leuchtenden Sterne vor dem Verdunkeln schützt; so gibt es für den Mond keine Zuflucht vor der Verdüsterung und keine für das Feuer vor dem Erlöschen. Jeder Gebende nimmt auch wieder, jeder Leihende will bezahlt sein, jeder zur Verwahrung gebende nimmt sein anvertrautes Gut zurück, um loszukommen, und jeglicher Borgende fordert das geborgte wieder ein. So folgt der Letzere immer dem Vorangehenden und der Nachfolgende jenem, der das Ziel bereits erreicht. Dies ist auch mein Trost in Beziehung auf dich, mein Sohn, daß ich bald dir nachfolgen werde, und dies beruhiget mich in meiner Betrübniß über dich, daß ich jener Stätte, nach welcher du gegangen, ebenfalls zuwalle, und daß der Zielpunkt meines Strebens auch der deine gewesen; und dieß hält mich eben ab, daß ich ob deines Verlustes mich nicht ängstigendem Entsetzen hingebe und auch nicht weine, denn meine sämmtlichen Morgen und Abende, Augenblicke und Sekunden füllet die Hoffnung aus, von demselben Geschicke wie du betroffen zu werden. Könnte ein Lebender als Sühnung für den Andern eintreten, so würde ich gerne die Sühnung für dich sein. Sollte aber dies erfolg- und fruchtlos sein, dann gebe mir Gott um deinetwillen eine heilvolle Verstandesrichtung und vollständige Tröstungen und vereine mich mit dir."

Vierte Abtheilung.

Als Alexander zu Babylon starb, trug man ihn in einem goldenen Sarge zu seiner Mutter nach dem Lande No Amon nach Alexandrien. Als er nun in dem Sarge vor ihr hingestreckt da lag, entfaltete sie dessen Antlitz und sprach: „Erstaunet doch ob desjenigen, dessen Weisheit bis an den Himmel

reichte und deſſen Herrſchaft bis an die Erdenenden ſich erſtreckte,
und dem Könige aus Ehrfucht die Macht zuerkannten; und
ſiehe da, heute ſchläft er, ohne zu erwachen, ſchweigt ohne zu
ſprechen und wird durch jene getragen, die nie ihn zu ſehen
gewürdiget wurden. Wer ſollte es für mich zur Kunde brin-
gen, daß er mich ermahnte, auf daß ich zurecht gewieſen wurde,
daß er die Moral mich kennen lehrte, auf daß dem Wege der
Veredlung ich zuſchritt, daß er mich tröſtete und ich Tröſtung
fand, mich beruhigte und ich des innern Friedens mich erfreuete,
daß er mich erinnerte und ich zum Denken angeregt ward, daß
er an Ueberwindung mich gewöhnte und ich enthalſam ward,
und daß er mich belehrte, auf daß ich dem Lernen oblag.
Würde ich mir es nun nicht bewußt ſein, daß ich ihm bald
nachfolgen werde und denſelben Weg gehe, welchen er gegangen, ſo würde ich geweint, gejammert und mich dem Sehn-
ſuchtsſchmerze hingegeben haben. Darum Friede mit dir, Lebender und Hingeſchiedener! Du warſt der Vorzüglichſte unter den
Lebenden und biſt unter den Todten nun der Beſte!" Und es
weinten alle ſie umgebenden Frauen. Und eine der Klagenden
ſprach: „Alexander bewegte euch durch ſeine ſtarre Ruhe."
Eine andere ſprach: „Er hat durch ſein Schweigen unſere Lip-
pen zur Klage angeregt." Eine andere ſprach: „Ein großartiger Sittenlehrer war Alexander geſtern, als er noch lebte, und
heute machte er noch mehr Eindruck auf mich als geſtern."
Eine andere ſprach: „Genug für uns des Grames, daß geſtern
noch deine Herrſchermacht bis an die Enden der Welt ſich erſtreckte,
während heute deinem Befehle keine Folgſamkeit geleiſtet wird."

Fünfte Abtheilung.

Was Alexanders Tod betrifft, ſo trugen ihn die Edlen
des Volkes, die Fürſten und Großen in einem goldenen Sarge

auf ihren Schultern, bis sie hieher nach Alexandrien gelangten. Hier stellten sie ihn vor den Augen aller Bewohner des Reiches und Philosophen auf, damit sie Reden über ihn halten, die für die Nachwelt aufbehalten bleiben und zur Belehrung und Mahnung dienen mögen. Hierauf umgaben ihn seine Verwandten und der Sarg stand in ihrer Mitte. Da begann der Oberste der Geladenen und sprach:

„Ein Tag ist heut', an dem die Schrecken
Sich mächtig über. uns erstrecken,
An dem, was da geheim im Herrscherwalten,
Gelangt zu offenem Entfalten,
Wo da kam zu uns vom Bösen,
Was bisher abgewendet ist gewesen,
Und wo vom Guten von uns schwand,
Was als Bestes d'rin sich fand.
D'rum mag, der einen König will beweinen,
Beklagen trostlos diesen Einen,
Und der da staunt, ob der Ereignisse Gebarung,
Erstaun' ob dieser Offenbarung."

Dann trat er vor die Philosophen hin und sprach: „Möge doch Jeglicher etwas sagen, worin die Vornehmen Tröstung und das gemeine Volk des Landes mahnende Zurechtweisung finden!"

1. Der Erste begann und sprach:
Weh' dem, der bethört,
Betrachtet heut' als beweinenswerth,
Was gestern noch, als Spiel,
Gewesen seines Spottes Ziel;
Und dem noch gestern galt als Spott hienieden,
Was heute zu beweinen ihm beschieden.

2. Ein Anderer sprach:
Als heilvoll würde der Tod den Menschen bewährt sich haben,
Würd' ihre Einsicht nicht von ihrer Denkart untergraben.
Wie oft nicht ruft er sie, wie oft nicht mahnet er,
Wär' nur mit Taubheit nicht behaftet ihr Gehör!

Die Offenbarnngen, wie klar sind sie und licht,
Wär' nur mit Blindheit nicht behaftet ihr Gesicht!
Benebelte ihr Denken nur die Hoffarth nicht!

3. Ein Anderer sprach:

Wird das Ereigniß eines Todesfalls von dir beweint,
Fürwahr nicht neu ist, was dir da erscheint;
Erschrick barob nur, daß auf seinem Pfad
Er jenem, den du liebtest, nun genaht.

4. Ein Anderer sprach:

Warst du ein Thor, sodann
Nehmen als Entschuldigung wir's an;
Ober wurdest weise du genannt,
Dann wirst als schuldig du von uns erkannt;
Warst du bethört im Leben,
Hast der Verlockung du Gehör gegeben;
Ober warst als Weiser du geboren,
Betracht' ich deine Weisheit als verloren.

5. Ein Anderer sprach:

Der Tod, wenn seine Blitze fliegen,
So werden nie beß' Wolken trügen,
Und was er wirkt auf seinen Zügen,
Es wird nie täuschend dich belügen;
Und nie vom Ziele fehlen seine
Abgeschickten Schleudersteine;
Und doch bessert, der es sieht,
Nie, bekehrt, sich im Gemüth.

6. Ein Anderer sprach:

Nicht übertrafst an Macht du doch den Tod,
Wenn auch Verletzung nie noch dich bedroht.
Wie gering erscheint da nicht
Deine Lauheit, deine Größe,
In der Macht und Mängel Blöße,
Die du gestern kundgegeben,
Hält man sie gegenüber heut'
Der äußersten Gebrechlichkeit
Vor der Macht des Todes eben.

7. Ein Anderer sprach:

Entrückt dir die Verhältnisse des Lebens,
Die Pläne abgeschnitten deines Strebens,
Du wurdest Zielpunkt allen Mißgeschicks hienieden,
Und die Freuden sind von dir geschieden.
Kannst du mir wohl noch Kunde geben
Von deiner Macht und Größe einst, im Leben?
Kannst auf Rückkehr zur Macht du Hoffnung hegen,
Nachdem so ganz der Ohnmacht du erlegen?
Kannst wenden du der Tage zehrend Schwert
Mit deiner Kraft, die fernhin sich gekehrt? —
Fürwahr, wie wär'
Dies einzurichten ungefähr? —

8. Ein Anderer sprach:

Die gestern dich als neidenswerth gekannt,
Du bist für sie heut' Mitleidsgegenstand.
Prangtest in der Ehre Glanz,
Und bist nun entwürdigt ganz;
Kannst du zu entfernen hoffen
Auch ein Theilchen nur von dem, was dich betroffen,
Durch einen Theil nur von dem Allen,
Was eh'dem als Besitz dir zugefallen?

9. Ein Anderer sprach:

Fürwahr, abgerissen ist von dir
Der Ursachen Einfluß hier,
Und nichts findet
Sich, das sie mit dir verbindet;
Und ein Unfall traf dich heut',
Von dem kein Sühnen dich befreit —
Welch Hoffen könnte uns nun trügen,
Welche Macht besiegen,
Uns deinem Vorbild nicht zu schmiegen,
Daß wir dem Tode nie erliegen? —

10. Ein Anderer sprach:

Weh' dem, deß' Größe solchen Aufschwung nahm,
Bis an den Rand des Untergangs er kam,

Und der an Weisheit so verkürzt,
Bis ihn der Tod in's Grab gestürzt;
Da du es hast versäumt im Leben,
Die edle Nahrung zu erstreben,
Daß dir der Tod nicht schaden möge,
Auf dem letzten Lebenswege.

11. Ein Anderer sprach:

Verächtlich ist für uns es anzuseh'n,
Wie and're Fürsten du verlacht,
Ob deiner Herrschermacht —
Seh'n wir dein Reich nun untergeh'n.
Und der von uns gefröhnt dem Neid
Ueber dich, ob der Vergangenheit,
Der richtete zugleich des Neides Blick
Auch auf dein künftiges Geschick.
Und der eh'dem hat gepriesen
Den Standpunkt, der dir zugewiesen,
Zieht scheu zurück sich heut'
Von dem, in welchem du zur Zeit.
Darum enthält
Kein Heil das Leben dieser Welt,
Vermag kein Heil es zu erstreben
Für das jenseit'ge Leben;
So wie im kommenden uns kein Heil beschieden,
Das nicht gefördert werden kann hienieden.

12. Ein Anderer sprach:

Weh' dir, Alexander, Wehe!
Wie ist doch gleichgestellt
Dein Eintritt in die Welt
Deinem Austritt eben
Aus dem Leben;
Tratst in dasselbe nackt, entblößt, entleert
Von allem, was da wünschenswerth,
Und hast heimwärts dich gewandt,
Entrücket allem, was da gut genannt
Und als kostbar anerkannt.

13. Ein Anderer sprach:

Sag' an, war Läßigkeit es deiner Wächterhorden,
Daß endlich du bezwungen worden?
Oder wurden treulos deine Krieger,
Daß du erlegen einem Sieger?
Wie kam doch der Tod in deinen Pallast,
Ohne daß du es gestattet ihm hast?
Und wie ist gedrungen er in deine Näh',
Ohne daß du es geboten ihm je? —

14. Ein Anderer sprach:

Wehe, den die Ehrfurcht schon allein
Gefürchtet machte allgemein,
Und dessen Aufenthalt
Schon als Veste galt!
Wie stieg dein Grimm nicht, als der Tod
Dir zu nahen nur gedroht?
Und wie war dein Ehrgeiz doch so schwach,
Daß du nicht von dir wieseft diese Schmach!

15. Ein Anderer sprach:

Den Weltbewohnern kann der Trost genügen,
Daß auch die Könige dem Tod erliegen;
Wie Mahnung für die Fürsten es enthält,
Daß das Volk dem Tod verfällt.

16. Ein Anderer sprach:

Ach, es gibt ja kein Entflieh'n,
Diesem Pfad sich zu entzieh'n;
Niemand kann es sich erwehren,
Diesen Becher nicht zu leeren;
Und der da wähnt, davon befreit zu sein,
Der möge sich des Daseins freu'n;
Und der hievon bestrickt auf seiner Bahn,
Mag, deß' bewußt, sich seinem Gotte nah'n.

17. Ein Anderer sprach:

Nie mache sich der Mensch verfänglich
Durch Vertrau'n auf's Leben, das vergänglich,
Und ob des Todes folg' er nie der Täuschung Wahn,
Da Sterben nur das Ziel von seiner Erdenbahn.

18. Ein Anderer sprach:

    Nie vertrau' ein Mensch dem Leben,
    Auch mag's ihm widerstreben,
    Sich mit dem Tod des Pöbels abzugeben;
    Wohl möge dies nur weinend er beklagen,
    Daß d'rob bekümmert auch die Großen zagen.

19. Ein Anderer sprach:

    Wir schauen zur Genüg' das Neugestalten
    Stets unter Menschenkindern sich entfalten:
    Da eh'dem Alexander barg
    Das Gold in den geheimsten Schrein,
    Nun hüllt als Sarg
    Das Gold den Alexander ein.

20. Ein Anderer sprach:

    Es haben Alexander nun verlassen
    All' seiner Wünsche Massen,
    Die gehemmt ihn und entrückt,
    Daß auf sein Ende nie er hingeblickt:
    Und sein Ende kam herbei,
    Daß eine Scheidewand es sei
    Zwischen ihm und aller Herrschaft Weih'.

21. Ein Anderer sprach:

    Des Todes Herrschaft ist heran genaht,
    Indeß zurück des Lebens Herrschaft trat.

22. Ein Anderer sprach:

    Eh'dem wich dein scharfgewetztes Schwert
    Vor Keinem aus, der ihm den Krieg erklärt,
    Wie vor deiner Rächerhand
    Sicherheit ein Mensch nie fand.
    Als unerreichbar ward verehrt,
    Was als Vorzug dich verklärt;
    Erfreulich deine Spenden allen,
    Denen sie nur zugefallen,
    Wie deine Lichter nie in ihrem Leuchten
    Verlöschend erbleichten.

Doch entschwunden ist nun ganz
Deines Namens Ruhmesglanz,
Wie Keiner seines Hoffens Blick mehr wendet
Auf das, was beine Milbe spendet,
Zugänglich sind nun deine Würden eben
Allen, die nach ihnen streben,
Und dein Licht erloschen ist's für's Leben.

23. Ein Anderer sprach:

Furchtbar war einst beines Ruhmes Klang,
Wie als Höchster galt dein Rang;
Und nun erlosch für immer
Deines Ruhmes Schimmer,
Und düst're Nacht
Umhüllet beines Reiches Pracht.

24. Ein Anderer sprach:

Als er lebte, hatt' er noch Gehör,
Nun hat er auch der Rede Macht nicht mehr.

25. Ein Anderer sprach:

Blickt doch auf den Träumer her,
Mit dem's vorbei nunmehr,
Und auf der Morgenwolke schatt'gen Bogen,
Der dahin gerollt nun und verflogen.

26. Ein Anderer sprach:

Blickt auf biesen her,
Daß er biene euch zur Lehr',
Der gestern, ragend groß,
Gereicht bis an der Wolken Rand,
Und heute schon im Erdenschooß
Seine Ruhestätte fand.

27. Ein Anderer sprach:

Sieh' einmal den Körper hier,
Wie er liegt vor dir,
Wohl steht es zu, bir ihn zu fragen:
Was vor ihm da gewesen, bir zu sagen,
Doch ihn zu fragen: was
Da nach ihm sein wird — unterlaß!

28. Ein Anderer sprach:
Ach, Alexander, wie hätteſt dieſes Schweigens du von heut'
Und der Beſcheidenheit
Du bedurft ſchon während deiner Lebenszeit!

29. Ein Anderer sprach:
   Dieſes Reich, das groß, unendlich breit,
   Wie faßt ein Raum es von vier Ellen heut'!

30. Ein Anderer sprach:
   Der unter dieſen Menſchen allen
   Dieſem Leib Verachtung zollt,
   Blickt lüſtern und mit Wohlgefallen
   Auf dieſen Sarg von Gold.

31. Ein Anderer sprach:
   Wie ſehnſuchtsvoll war nicht ſein Streben,
   Sich in der Größe prangen zu erheben;
   Nicht ahnend gar, daß darin eben
   Die äußerſte Entwürdigung im Leben

32. Ein Anderer sprach:
   Er galt als Redner, als Vertreter Allen,
   Und iſt dem Verſtummen nun verfallen.

33. Ein Anderer sprach:
   Wie ringt der Sterbende da nicht
   Mit ängſtlich regem Müh'n,
   Sich der Gewalt des Todes zu entzieh'n.

34. Ein Anderer sprach:
   Längſt hätten wir es aufgegeben,
   Zu beachten Alexanders Streben,
   Hätten wir da nicht vernommen
   Das Mißgeſchick, das über ihn gekommen.

35. Ein Anderer sprach:
   Nie hat Alexander uns im Leben
   Eine beſſ're Lehre je gegeben,
   Nie klarer eine Weiſung, die er bot,
   Als — durch ſeinen Tod.

36. Ein Anderer sprach:

> Warum? wozu
> Wirktest gestern du
> So rühmlich, groß,
> Auf daß all bein Streben
> Von eh'bem eben
> Sink' in des Vergessens Schooß?

37. Ein Anderer sprach:

> Stumm fand Alexander, unsern Hort,
> Der Morgen, der heut' angebrochen,
> Der gestern noch geführt das Wort
> Und zu uns gesprochen.
> Der heute still der Ruhe pflegt,
> Nachdem er gestern sich bewegt.
> Der heut' getragen wird als Last.
> Nachdem allein er trug da Alle fast;
> Und da schläft in Todesnacht,
> Nachdem er hat gewacht;
> Und der für immer nun verschieben,
> Nach kurzem Lebenstag bienieden.

38. Ein Anderer sprach:

> Der Bande sonst für Anb're hat gewunden,
> Ist heute selbst gebunden;
> Der Königen den Sieg sonst abgerungen,
> Ist heute selbst bezwungen.

39. Ein Anderer sprach:

> Dieser, der so thatenkräftig,
> War er für sein Selbst auch stets geschäftig,
> So war's doch nicht um seines Heiles Licht;
> War sein Wirken seiner Zukunft auch geweiht,
> So galt es seiner Ewigkeit
> Doch nicht.

40. Ein Anderer sprach:

> Es war dieser Mann zumal
> Ein tücht'ger Mahner zur Moral,

Doch gab er nie sich so als solcher kund,
Wie jetzt, wo da verstummt sein Rednermund.

41. Ein Anderer sprach:

Wohl zum Erstaunen ist's, ob dessen,
Dem gestern Keiner sich zu nah'n vermessen,
Und dem heute Jedermann
Unbehindert nahen kann.

42. Ein Anderer sprach:

Warum bewegst du auf und nieder
Auch nicht Eines deiner Glieder?
Wie kommt es, daß von dem Organverbande
Du Eines auch zu tragen nicht im Stande;
Während du bisher doch fast
Das Reich der Welt getragen hast?'
Doch was hast du hier?
Sollte dieser enge Raum
Nicht verächtlich dünken dir,
Nachdem der Länder weiter Kreis
Dir als Siegespreis
Genügte kaum! —

43. Ein Anderer sprach:

Du bist bereits in deß' Gewalt gekommen,
Der dich belehrt
In dem, was zu deinem Frommen,
Nie gewußt du, noch gehört.

44. Ein Anderer sprach:

Nie mög' von Werth in euren Augen sein,
Was da belehrt die Menschen allgemein;
Sondern, was da wirkt belehrend
Auf die Seele, sie verklärend.

45. Ein Anderer sprach:

Dies ist die Größe, die im Tod enthalten,
Daß auch den Mächtigen besiegen deß' Gewalten,
So wie auch der Schwächling eben
Bethört, verlockt, ihm preisgegeben.

46. Ein Anderer sprach:

Sieh', als König aller Könige fiel er
In beß' Gewalt, der König ist weit mehr,
Und der die Staaten hat verheert,
Ward nun selbst zerstört;
Darum führe es sich bessernd zu Gemüth,
Der es sieht,
Und es halt' es für beachtenswerth,
Der es hört.

47. Ein Anderer sprach:

Blickt auf diesen, der im Erdenwallen
Galt als Richter Allen,
Und der selbst heut' dem Gericht verfallen.

48. Ein Anderer sprach:

Es hat der Tod als Schönstes sich bewährt
Bei dem, das vornehm und geehrt,
Sowie entwürdigend zugleich deß' Loos,
Indem er bettet in der Erde Schoos;
Da Betreff's der Macht so wie der Herrschaft eben
Nimmer eine Gleichheit herrscht im Leben.

49. Ein Anderer sprach:

Blickt zurück
Auf Alles, was das Leben dieser Welt
Als kostbar beut den Seinen,
Wie wird es als verächtlich euch erscheinen,
So der Blick
Des Todes darauf fällt!
So auf den König,
Dem das Weltall unterthänig,
Wie steht er nicht beschämt, verachtet,
Mit des Todes Blick betrachtet!

Sechste Abtheilung.

Rastul, die Tochter des Darius, dessen Gattin, sprach:
„Es ist dieser Tod eine nach Gleichmaaß zugemessene Strafe.
Es kam mir nie in den Sinn, daß derjenige, der den Darius
schlug, getödtet werden könnte." Der Verwalter seiner Ausgaben
sprach: „Es lautete dein Auftrag stets für uns, Schätze im
Geheim stets aufzuhäufen, und in wessen Gewalt ist nun der
Aufbewahrer deiner geheimen Schätze? Du ertheiltest ferner
uns den Befehl, das Geld für deine sämmtlichen Bedürfnisse
zu verwenden; zu wessen Bedürfnissen soll deine Ausgabe nun
verwendet werden?" Der Truchseß seiner Tafel sprach: „Derjenige, dem ich die Kost sonst zubereitete, ist nun selbst des
Staubes Kost geworden, und der sonst mit den besten Speisen
sich nährte, ist nun selbst eine Nahrung für die Erde geworden." Der Aufseher seiner Schätze sprach: „Da sind nun die
Schlüssel zu denen Schätzen! Wer wollte du nähmest mir sie
ab, bevor ich für das, was ich nicht mir zugeeignet, bestraft
und zur Rechenschaft gezogen würde, für das, woran ich mich
nie vergriffen!" Sein Minister sprach: „Bereits hast du vor
dem Vornehmen und Gemeinen dich zurückgezogen, und ich wies
Jenen an den Pforten deines Hauses zurück, dem du den Eintritt nicht gestattetest; und nun kamen dennoch aus der Stätte
der Sicherheit sie über dich und der Allbeherrscher drang auf
geheimem Gange bei dir ein." Sein zweiter Minister sprach:
„Entrissen ist ihm nun das Loos des Spendens und der Ver-
sagung, so wie mir das Ehrenamt des Gebietens und der
Verweigerung hiedurch genommen; und ich bin nun in Ruhe
versetzt, nachdem ich im Amte gestanden, und bin nun zum
Schweigen verurtheilt, nachdem ich viel zu denken hatte." Sein
Thorwart sprach: „Es drang der Tod in dein Gemach und
auf dich ein, ohne daß es ihm gestattet ward, so drang er bis

zu deiner Zufluchtsstätte vor, ohne zu kommen beauftragt gewesen zu sein." Der Oberste der Leibwache sprach: „Wie kam's, daß die Schwerter deiner Rache in ihre Städte sich zurückzogen, und die Schwerter des Unheils auf dich herab sich senkten? Und wo ist nun dein Grimm, der so maßgebend, oder dein Wille, der so anerkannt, oder dein Befehl, der so Gehorsam schaffend war? — Du bist nun ein Aas, hingeschleudert in deiner Freunde Mitte, ein stummer starrer Stein in deiner Lieben Kreis. Dein Ruf und dein Gebot verhallen unerhört und deine Rede bleibt ohne Anklang und Empfänglichkeit." Sein Geheimschreiber sprach: „Wir traten ein in diese Welt, und es wohnen nur Lässige darin, und es trennen sich nur Jene von ihr, die genöthiget hiezu werden."

Siebente Abtheilung.

Hierauf trugen sie den Sarg von Babylon nach Alexandria. Als sie der Stadt sich näherten, machten sie es den Philosophen unter dem Volke bekannt und seiner Mutter kündeten sie es an, und sie eilte ihm entgegen. Als sie ihn nun erblickte, umfaßte und stürzte sie sich auf ihn und sprach: „Dies ist nun der Tag, an welchem jegliche Spur der Herrschaft von Alexander geschwunden, und an welchem jener, dem nie ein Hoffnungsstrahl hiefür geleuchtet, seiner Regierung sich zu bemächtigen hoffen darf. Wie ist daher das Mißgeschick so groß und wie fehlt es da an Tröstungen so ganz! Und „Wehe, Wehe!" rief sie, so daß die Frauen noch weit mehr in Klagen sich ergoßen, und auch sie weinte und sprach: „Ich habe in Beziehung auf dich gar herrliche und großartige Tröstungen. Du verkündetest, noch ehe er eintrat, mir deinen Tod, und empfahlest mir Empfänglichkeit für Tröstungen, noch ehe deren Zeitpunkt einge-

treten war. Darob richte mein Gebet ich an Gott, um Trö=
stungen von ihm mir zu erflehen; denn von Gott sind wir ja
ausgegangen, und zu ihm kehren einst wir wieder heim." Hier=
auf trat sie ein in ihr Gemach.

Achte Abtheilung.

Die Philosophen traten vor den Sarg hin, und es waren
deren siebzehn anwesend.

1. Der Eine von ihnen begann: „Wehe dem Helden, der
   hier vor uns ausgestellt! Wer ist es, der dich abhielt,
   deine Macht an den Tag zu legen? Die Schwere des
   Reichthums und seine drückend dich belastende Bürde,
   und sämmtliche Verschuldigungen, die in dessen Gefolge,
   sie haften dir an. Wehe deiner Seele, wenn von jegli=
   cher Seite in's Gedränge sie geräth! Es umfluthen die
   Wogen des Todes dich, und der Kreis deiner Umgebung
   kann keinen Beistand dir gewähren und die unter deiner
   Botmäßigkeit Stehenden anerkennen dich nicht mehr."
2. Hierauf erhob ein zweiter sich und sprach: „Verstummt
   ist Alexander heute und keines Wortes mächtig, auch fehlt
   es an Erkenntniß ihm, das Gute vom Bösen zu unter=
3. scheiden." Ein Anderer erhob sich und sprach: „Seht
   diesen hier, der an Rüstigkeit so großartig sich beurkun=
   dete und der durch seine Seelenstärke zur Königswürde
   sich emporschwang, der ferner dieses Weltleben dem kom=
   menden vorzog, den auch die treulosen Leidenschaften
   verleiteten, wie seinen Vorgänger sie verleitet, und der
   auch Blut vergoß und sämmtliche Frauen nach Willkür
   sich gestattete, und nun liegt er in seiner Lieblinge Mitte
4. in seinem Sterbekleide gehüllt." Ein Anderer sprach:

„Heute hat Alexanders Herrschermacht aufgehört, und
ist sie einer schwindenden Morgenwolke ähnlich geworden."

5. Ein Anderer sprach: „Es lassen über dieses Weltleben,
das in seinen Wesen vergänglich, von diesem hier gar
manche Betrachtungen sich anstellen, die nur für jenen

6. zugänglich, der mit Geduld ausgerüstet." Ein Anderer
sprach: „Lasset euch doch zurecht weisen durch diese Mahnungen und bessert euch durch diese Strafgerichte, die da
ohne Sprachorgane zu euch sprechen, durch welche den
Alexander man heimgesucht, so während seiner Herrscher-

7. größe, wie bei seinem Tode." Ein Anderer sprach: „Wo
ist deine mächtige Herrschgewalt, deine Völker bezwin-
gende nun verdunkelte Macht? Wo ist deine Hoheit? Wo
deine eingedrungene Forschung in die Philosophie, deine
Kenntniß in der Logik? — Alles ist nun dahin, und
was als Vorzug sonst dich hat verklärt, es fehlt dir
insgesammt, und die Philosophie — sie wird nun ganz

8. vermißt." Ein Anderer sprach: „Wehe, allwaltender
König, wie sind doch deine Geschicke so qualvoll geworden! wie haben doch deine Verhältnisse einen Umschwung
genommen! (oder: wie haben auf deine Verhältnisse sie
eingewirkt). Zu Ende ist's mit jeglicher Kunde über dich,
und die Palläste sind zur Oede für dich geworden. Er-
starrt entsetzt sich über dich, der sonst deiner Gesellschaft
sich erfreuete und alle, die dich sehen, weichen scheu dir

9. aus." Ein Anderer sprach: „Es hat von dir sich los-
gesagt, was gestern noch in Verbindung mit dir gestanden; was gestern noch mit Lichtglanz dich umstrahlte,
erloschen ist es nun. Die Helden und die Heeresmassen
ziehen von dir sich zurück, und es umdüstern dichte
Nachtschatten dein Leben. Du hast als Reisender zum
Abzuge dich gewendet, und es haben die Einflüsse auf

dich aufgehört, und keine Rückkehr ist für dich zu hoffen, vertheilt sind deine Schätze und aus den Fugen getreten sind deine Gliedmaßen, und nun, wann wirst du all' dieses wieder erbeuten? Oder bis wie lange soll dein Reich

10. dir entrissen bleiben?" Ein Anderer sprach: „Um wie vieles liegt das Abwärtssinken näher, als das Empor= schwingen und der Nachtheil als der Vortheil, und der Schade als die Qualbefreiung. Keine Leistung bleibt für die Thatkraft nach erfolgter Trennung. Es ist dann jeg= liche Wirksamkeit abgeschlossen, und nur die Kümmerniß ist geblieben, die Hoffnung ist dahin und die Lebenswege

11. stehen verödet." Ein Anderer sprach: „Um wie viel mehr Annäherungsrecht steht dem Lebenden als dem Todten zu, und dem noch in der menschlichen Gesellschaft Weilenden als dem bereits Verstummten. Es hängen die Seelen bloß von der Handlungsweise ab; sind diese gut, so fördern sie deren Glückseligkeit, und sind sie bösartig, so haben sie um ein Nichts sich erschöpft. Die Körper ge= hören zu den sichtbaren Gegenständen, die der Forschung zugewiesenen sind für die Betrachtenden da und die

12. Mahnung für die zur Besserung Geneigten." Ein An= derer sprach: „Du schweigst nun, nachdem du der Rede mächtig gewesen, und bist grausam geworden; nachdem als mitleidsvoll du dich bewährt; und nun stellt dein Schweigen als bleibend sich heraus und mit deiner Grau=

13. samkeit hat es ein Ende." Ein Anderer sprach: „Jeg= liche Herrschermacht nimmt ein Ende, und jegliche Lieb= lichkeit ist nur vergänglich, und jeglicher Lagernde bricht

14. endlich zum Abzuge auf." Ein Anderer sprach: „Für= wahr, sehr naheliegend ist der Abgangspfad und gar entlegen die Bahn zur Rückkehr. Heil dem, der so weit sich verklärt, daß als Sieger er hervorgeht, und wehe

15. dem, der der Knechtschaft ist verfallen." Ein Anderer
sprach: „Du bist entfernt nun worden von den jungen
Kindern und dem neugebornen Geschlechte und losgerissen

16. von den Schaaren und Heeresmassen." Ein Anderer
sprach: „Wenn du nun zur Tiefe gesunken, nachdem der
Größe und der Macht du dich erfreuet, und einsam, nachdem
so viele zur Seite dir gestanden, so haben ehedem gar oft
aus Furcht vor deiner Macht die Augen sich geschlos-
sen, und es erbebten die Herzen und Gedanken aus Angst

17. vor dir." Ein Anderer sprach: „Aus der Sündhaftig-
keit bist zur Verklärung du übergegangen, aus engbe-
schränktem Kreise zu weithin sich erstreckendem Raume,
aus erschöpfender Mühe Bereich zu des Besitzthumes
heiterm Glücke; indem nun dein Dasein ein vollkomme-
nes, dein Friede ein dauernder — darum Heil dir durch
das, das du errungen."

Neunte Abtheilung.

Sie trugen ihn sodann von diesem Orte fort, in das
Zimmer seiner Gebärerin, sie erhob sich und drückte den Sarg
an ihr Herz und weinte über ihn. Sie berief sofort die Bewohner Alexandriens, und beschwor sie, den Sarg, so weit es
im Bereiche ihrer Möglichkeit steht, mit großen Ehrenbezeigun-
gen und prunkhafter Pracht hinauszutragen. Seine Mutter
stellte sich hin zu ihm und sprach: „Wehe, mein Sohn, dessen
Weisheit bis in des Himmels Kreise reichte und dessen Wort
bis an des Weltalls Enden geltend sich erstreckte und dem die
Macht verliehen ward, daß sämmtliche Nationen der Welt ihm
dienstbar ergeben waren, die Edlen höchsten Ranges sich mit
ihm verbanden und sämmtliche Weltgeschöpfe in Ehrfurcht vor

ihm erbebten! Wie sehet ihr ihn heute vom Schlafe bestrickt,
ohne zu erwachen, verstummt und keines Wortes mächtig, hingestreckt, ohne sich erheben zu können und von Leuten getragen,
denen es, ihn zu sehen wie vergönnt gewesen! Und wer könnte
ihm nun in meinem Namen bekannt machen, daß seine Mahnung veredelnd auf mich eingewirkt, und daß seine Tröstung mich
beruhigte; und hätte ich das Bewußtsein nicht, daß ich einst zu
ihm kommen werde, würde ich für keine Tröstungen über dich,
mein Sohn, empfänglich gewesen sein. Friede mit dir im Leben und im Tode! Denn du warst der Lebenden Bester, wie
der Vorzüglichste der Todten du nun bist!"

Zehnte Abtheilung.

Hierauf ertheilte sie Befehl, und man begrub ihn in seinem Sarge. Als nun die Philosophen Einer nach dem Andern
an seinem Sarge zu sprechen aufgehört hatten, begaben fünf
von ihnen sich zu seiner Mutter, um ihr Beileid zu erzeigen
und sie zu trösten.

Da trat einer der Besuchenden hin und stellte sich an den
Vorhang des Gemaches, in welchem die Mutter Alexanders sich
befand, und begann und sprach: "Wie sollte ich ob eines solchen dich trösten, der selbst den Trost dir hat gespendet? Oder
wie sollten ob eines solchen die Trostesgründe, wir für dich
verschönen, der für dich bereits mit allem Schönheitsglanze sie
umgab, und der für das Heil der Ergebung deine Seele so
empfänglich gemacht, so daß in das Gewand der Tröstungen
du dich gehüllet, daß ergebungsvolle Geduld du angestrebt und
zu dem Gespanne der Resignation du dich empor geschwungen; daß
gläubig der offenbaren Wahrheit du dich hingabst und die Moral zur Stütze du dir gemacht. Und so stehst, ob deines herzhaften

Muthes, als der Frauen vorzüglichste du da, und ob deiner Anerkennung der Wahrheit, als der Herrschaftsvertreter preis=würdigste. Als ehrwürdigste von Allen bist ob deiner Gläubig=keit und Kenntniß du anerkannt, du hemmest sie durch deinen vollwichtigen Einfluß, du übertriffst sie mit deinem Scharffsinne, so wie an Großherzigkeit du Alle überragest, wie reicher an Verdiensten du als sie, und mehr als allesammt sie mit Na=mensruhm du bist bekrönt. Er hat dich bereits getröstet, und du hast empfänglich den Tröstungen dich hingegeben, er belehrte dich, und dessen Mahnung war von einflußreichem Erfolge auf dich. Er beruhigte dich, und du fandest dich besänftiget, er er=innerte dich, und du ließest dich anregen, und er wies dich zu=recht, und du bewährtest als empfänglich dich für Weisung. Und so möge dir denn Gott ein heilvolles Ende und einen ehrenvollen Abgang angedeihen lassen!"

Darauf entgegnete die Mutter Alexanders und sprach: „Möge dir Gott nie die Herrlichkeit dieses Standpunktes ent=ziehen, und möge Gott nie der Rede Lieblichkeit dir versagen und vorenthalten; denn du hast durch deine poesievollen Mah=nungen und trostreichen Anregungen gar ausgezeichnet kräftigend eingewirkt und ganz so wie es dir zusteht gehandelt. Doch vorzüglicher hast gemäß deiner Weisheit und deines Scharffsinnes du dich hervorgethan, indem du ihn und dessen Ehrfurcht so verherrlicht."

Da trat ein Anderer vor und sprach: „Der Tröstungen bedarf nur Derjenige, den das Entsetzen überwältiget, die Be=ruhigung für Jenen, dessen der Kummer und die Sorge sich bemächtiget, und die Ergebung muß nur dem empfohlen wer=den, der in Thränen, Jammer und Klage sich ergießet. Doch der in das Gewand der Tröstungen sich hüllet und der ob eines jeglichen über ihn verhängten Geschickes mit dem Mantel willi=ger Ergebung sich schmücket und mit dem Geschmeide der Got=

tesfürchtigen und Redlichgesinnten sich zieret, bedarf keines Tro=
stes. Jeder Andere aber benöthiget des geheimen oder offen=
baren Trostes. ,

Darauf erwiderte die Mutter Alexanders und sprach:
„Möge Gott immer dem Heile dich zuführen, wie er Andere
durch dich dem Heile zuführt, und möge er dich beglücken, wie
er deinem Sohne das Glück angedeihen lasse; denn gar wohl
hast du mit deiner Erläuterung mir gethan, gar lieblich waren
deine Tröstungen, ganz ausgezeichnet deine Mahnung und gar
weise hast du gesprochen.“

Hierauf trat ein Anderer vor und stellte sich auf den
Platz seines Vorgängers und sprach: „Wie ist doch die Be=
schwerde so groß, und wie ist doch so bitterböse, deren Ver=
dienst und der Tod. Und das Bittere des Todes liegt im
Entsetzen, im Schmerz, im Herzensgrame und in der Küm=
merniß; und als tugendhaft beurkundet sich nur jener, der
seines Herzens Wunde durch geduldige Ergebenheit milbert, und
der den Gram ob seiner Mißgeschicke durch Beseitigung aller
Nebengedanken heilet.“

Darauf sprach die Mutter Alexanders: „Möge Gott eine
schöne Vergeltung dir angedeihen lassen und die rechte Bahn
uns zeigen. Du hast auf einen ehrenvollen Standpunkt dich
gestellt und eine freundliche Wirksamkeit an den Tag gelegt,
deren du als zwiefach würdig dich beurkundet. Dir angemessen
ist auch alles, was diesem ähnlich — darum segne dich Gott
und lasse eine freundliche Vergeltung dir angedeihen.“

Ein Anderer begann und sprach: „Derjenige, welcher sich
entsetzt, hat die Aufgabe, der Tröstung sich zuzuwenden, und
der durch Kränkung aufgeregt, finde in der Besänftigung seine
Ruhe wieder, und das Endziel alles sich Bewegenden ist, zu
ruhen, und das Ende alles Lebenden ist: Tod und Untergang.
Darum preise du die Gottheit mit allem, wodurch man Gott

zu verehren im Stande: durch Ergebung und Erhebung seiner Allweisheit mit Trostesgründen. Denn weise hast du in Geduld dich gefügt, hast deine Seele, ob deiner großen Gläubigkeit, der moralischen Veredlung zugeführt; darum möge dir Gott den Preis seines Todes aufbewahren und deine Tröstungen nach dessen Eintritte dir verschönen."

Darauf entgegnete die Mutter Alexanders: „Möge dir Gott, als Vergeltnng, das Heil jenes Weisen angedeihen lassen, welcher die Tributschuld des Todes bereits bezahlte, indem er ob desselben sich bekümmerte und ob desselben sich zu trösten der Trauer zuvorkam, so wie dessen Friedensheil nach seinem Tode."

Da trat ein Anderer hin und sprach: „Gar mancher hat mit den Trostgründen der gewöhnlichen Tröster über sich und seine Leibesfrucht sich getröstet, der in der Hindeutung auf den Schöpfer die Tröstung findet, Beruhigung in dessen Allwissenheit und Besserung in dessen Moral. Doch als bethört erscheinen sämmtliche Weisen dir gegenüber durch die Größe deiner moralischen Gesinnung und die Vollendung deiner Gottergebenheit, die beide auf erhabenen Standpunkt dich stellen. Darob verkläret dich allseitig auch ein schöner Namensruhm; darob rühmen die Lobesherolde dir auch nach die Lieblichkeit deiner Denkweise und das Würdevolle deines Ranges; und darob möge auch der Gottheit Schluß die vorzüglichste Vergeltung dir angedeihen lassen und das kostbarste seines aufbehaltenen Heiles dir zuerkennen!"

Die Mutter Alexanders entgegnete hierauf: „Du hast Vorzügliches gesprochen, und bist auch dessen würdig, so wie du Vorzügliches nur hast bewirkt durch Rede, That und Denkweise, und du bist auch hiezu befähiget und füllest deinen Platz hiebei auch aus. Dir werde darob die Milde zu Theil, wie deren Anbeginn so deren Ende, wie deren Vergangenheit so deren Zukunft."

Eilfte Abtheilung.

Aristoteles schrieb Folgendes: „Nachdem ich vor Allem
Lob und Preis der Gottheit zuerkenne, an dich, Mutter Alexanders, des erhabenen Königs: Es gehört zu den anerkannten
Dingen, daß die göttliche Waltung, womit er seine Geschöpfe
leitet und dessen Gericht, das über dessen Kreaturen sich erstreckt und die auf deinen Sohn Alexander im Sitze seiner
Herrschaft, in der Residenz seiner Macht und an der Stätte
seiner Botmäßigkeit sich herniederließen, zu jenem Geschicke ge-
hören, das nie aufgehört hat, die mächtigen Könige und Edlen,
die Untergebenen und ihre Unterthanen, so wie sämmtliche andere Menschenkinder, Groß und Klein, Arm und Reich, zu be-
treffen, als unwiderrufliches Verhängniß und als ein zur Voll-
ziehung bestimmtes Machtgebot. Kann auch der ruhmgekrönteste
König sich dagegen ereifern, es zu beugen und zu bezwingen;
da es doch mit seinem Doppelgebisse die gesammte Menschheit
nach sich zieht! Kein Flüchtiger vermag es, demselben zu ent-
fliehen, da dessen Lauf nur an seiner Ruhestätte mündet, und
keine Reise zieht von ihm ab, da mit der Rückkehr zu ihm sie
nur schließet. Der Lebende muß ihn erwarten, der Sterbende
freuet sich seiner, der Zurückbleibende fällt in dessen Schlinge
und nur der bereits Hingeschiedene ist von ihm befreit. Glücklich ist nur Derjenige, der an seinem Nebenmenschen sich ein
Beispiel nimmt, zur Besserung, und selig nur Jener, der seiner
Seele Ziel bei seines Leibes Rast erlangt. Darum überwinde,
du Mutter Alexanders, dich ob deines Sohnes, und schreibe
die Ereignisse dem großen Könige zu, der ihn zum Herrscher
eingesetzt und zur Weisheit hingeleitet, der die jenseitige Welt
zur Wohnung für ihn erkor und sein Reich zu seinem Herr-
schersitze und seine Würde ihm zur Würde zuerkannt, und der
aus diesem Weltleben als geehrt und gewaltig, als heldenmü-

thigen machtbegabten König ihn abziehen ließ. Wende dich zum
Schöpfer der Geister, auf welchen deine Sehnsucht gerichtet,
und nach dessen Willen wir uns richten müssen, und tröste ob
desjenigen dich, der mit seinem Seelenheile dich getröstet, noch
bevor dessen Abgangsstunde war gekommen und fasse dich derart
in geduldige Ergebung, daß es dir zum Ruhme bis an des
Weltlebens Ende gereiche; und wisse, daß jener der Verleitete,
der der Verlockung sich hingibt und nur jener elend ist, der
der Kümmerniß verfällt — und somit Friede mit dir!"

Zwölfte Abtheilung.

Nachdem die Mutter Alexanders die Zuschrift des Aristoteles gelesen hatte, schrieb sie ihm folgender Weise: „Ich habe
deinen Brief gelesen, du Weiser, du Lehrer zum Heile und
Lenker zur Glückseligkeit in diesem wie im jenseitigen Leben.
Möge dich Gott nie aufhören lassen ein Lehrer jenes Guten
zu sein, durch welches jeder, der es übet, zur Glückseligkeit gelangt, und ein Lenker zur Rechtlichkeit, welche dem mit ihr sich
Befassenden die Bahn der Redlichkeit andeutet, um seine Seele
zu erquicken, sie zu erhalten und nach dem Tode ihr Freude
zu bereiten. Die Tröstung tritt, angemessen dem Unheile, un-
vermuthet ein, ja, die Tröstung geht ihm noch voran. Der
Unfall steigt plötzlich hernieder, und die Ergebung geht ihm
voraus. Wie großartig auch das Unglück erscheint, so ist doch
die Ergebung noch großartiger; und wie groß das Unheil ist,
es naht heran, und es läßt zugleich die Tröstung sich hernieder, so daß es vorüberzieht und entschwindet ohne Entsetzen
und Kümmerniß zurück zu lassen. Ich habe die göttliche Ge-
rechtigkeit mit Befriedigung und Ruhe anerkannt und auf die
Tröstung mich gestützt; und um wie vieles näher steht der Le-

bende derselben als der Todte, und wie anhänglich ist der Zu=
rückgebliebene dem Hingeschiedenen. (Oder: welche Annäherung
hat der Lebende an den Todten, welche Verbindung der Zurück=
bleibende mit dem Hingeschiedenen?) Weit vorzüglicher ist es,
mit den Vorbereitungen zu den Bedürfnissen des Abganges sich
zu befassen, als dem Weinen und Seufzen und der endlosen
Trauer sich hinzugeben, und weit gedeihlicher ist es, das ver=
hängte Geschick mit williger Ergebung zu tragen, als über das
Ereigniß im Unwillen zu grollen. Jeglicher Mensch, der sein
Dasein zu seiner Ergötzung verwendet, hat in seinem Erden=
wallen auch zu zittern, und der von einem großen Schmerze
befreit worden, ist den Elementen des Unheils gemäß zu einem
noch größern Wehe bestimmt. Auch bei mir gingen die Trö=
stungen voran und es betraf mich ein Unheil, und es um=
schirmten mich dessen Mahnungen. Ich bin meines Todes mir
bewußt, und mein Herz findet Befriedigung und Selbstüber=
windung darin, und harrend sehe jenem Tage ich entgegen und
ihm walle ich zu; und darob überwand ich mich und hiedurch
ward ich gekräftiget. Ruhm und Preis der Gottheit und dir
dem großen Weisen, für deinen Rath, deine Mahnung und
deine Tröstung — Friede mit dir!"